El circo

El circo 123

Denise M. Jordan

Traducción de Beatriz Puello

Heinemann Library
Chicago, Illinois

Customer Service 888-454-2279
Visit our website at www.heinemannlibrary.com

Designed by Sue Emerson, Heinemann Library
Printed and bound in the U.S.A. by Lake Book

06 05 04 03 02
10 9 8 7 6 5 4 3 2 1

Library of Congress Cataloging-in-Publication Data
Jordan, Denise.
   [Circus 123. Spanish]
   El circo 123/ Denise Jordan.
        p. cm. — (Circo)
Includes index.
Summary: A counting book which features people and animals performing circus acts.
   ISBN: 1-58810-799-X (HC), 1-58810-846-5 (Pbk)
   1. Counting—Juvenile literature. [1. Circus. 2. Spanish language materials.] I. Title.
   II. Series: Jordan, Denise. Circus. Spanish.
   QA113 .J6718 2002
   513.2'11—dc21

                              2001051504

Acknowledgments
The author and publishers are grateful to the following for permission to reproduce copyright material:
pp. 3, 22 Greg Williams/Heinemann Library; p. 5 Jane Faircloth/Transparencies, Inc.; p. 7 Robert Cavin/Transparencies, Inc.; p. 9 B. Seed/Trip; p. 11 E. R. Degginger/Color Pic, Inc.; p. 13 Ottmar Bierwagen/spectrumstock.com; p. 15 John Coletti/Stock, Boston Inc./PictureQuest; p. 17 Jacques Charlas/Stock, Boston Inc./PictureQuest; p. 19 S. Grant/Trip; p. 21 Dean Conger/Corbis; p. 23 glossary (animal trainer) Louisa Preston

Cover photographs courtesy of (L-R): Greg Williams/Heinemann Library; John Coletti/Stock, Boston Inc./PictureQuest; Jacques Charlas/Stock, Boston Inc./PictureQuest

Every effort has been made to contact copyright holders of any material reproduced in this book. Any omissions will be rectified in subsequent printings if notice is given to the publisher.

Special thanks to our bilingual advisory panel for their help in the preparation of this book:

Aurora García
Literacy Specialist
Northside Independent School District
San Antonio, TX

Argentina Palacios
Docent
Bronx Zoo
New York, NY

Ursula Sexton
Researcher, WestEd
San Ramon, CA

Laura Tapia
Reading Specialist
Emiliano Zapata Academy
Chicago, IL

The publishers would also like to thank Fred Dahlinger, Jr., Director of Collections and Research at the Circus World Museum in Baraboo, Wisconsin, and Smita Parida for their help in reviewing the contents of this book.

Unas palabras están en negrita, **así.**
Las encontrarás en el glosario en fotos de la página 23.

Uno 1

El circo va a empezar.

¿Cuántos **directores de pista** ves?

Dos 2

Unos **acróbatas** pueden
doblarse.

¿Cuántos acróbatas ves?

1

2

Tres 3

Dentro de la **carpa**
hay pistas.

¿Cuántas pistas ves?

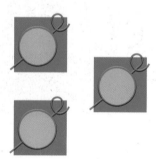

Cuatro 4

Los **chimpancés** tocan en una orquesta.

¿Cuántos chimpancés ves?

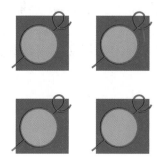

Cinco   5

Los elefantes hacen trucos.

¿Cuántos elefantes ves?

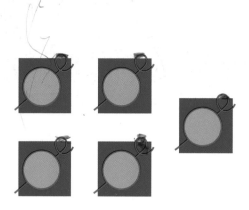

Seis   6

A los niños les gusta mirar el circo.

¿Cuántos niños ves?

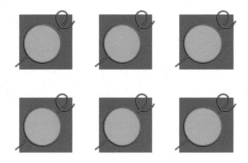

Siete   7

Los **acróbatas** son muy fuertes.

¿Cuántos acróbatas ves?

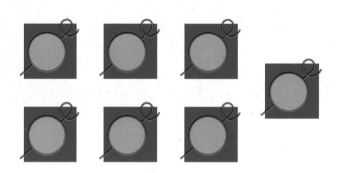

Ocho 8

Los tigres le rugen
al **domador**.

¿Cuántos tigres ves?

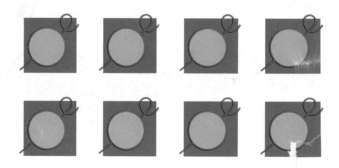

Nueve 9

Los perros del circo hacen ejercicio en el patio.

¿Cuántos perros ves?

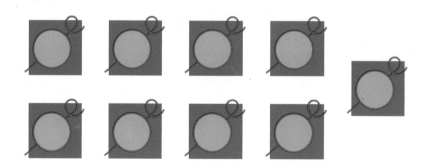

Diez   10

Los caballos de circo
saludan y bailan.

¿Cuántos caballos ves?

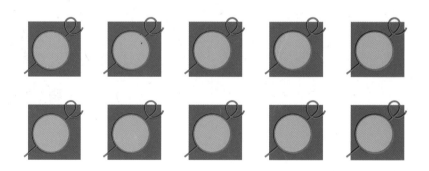

Un **director de pista** dice adiós.

Hasta el año entrante.

Glosario en fotos

acróbata
páginas
4–5, 14–15

pista
páginas 6–7

domador
páginas 16–17

**director
de pista**
páginas 3, 22

chimpancé
páginas 8–9

Nota a padres y maestros

Este libro permite a los niños practicar conceptos matemáticos básicos a la vez que aprenden datos interesantes sobre el circo. Ayude a los niños a ver la relación entre los números 1 a 10 y los bloques de iconos que aparecen en la parte inferior de las páginas. Para ampliar el concepto, dibuje diez "bloques" en una cartulina y recórtelos. Lean juntos *El circo 123* y a medida que lee pida que coloquen la cantidad correspondiente de "bloques" sobre la foto. Esta actividad también se puede realizar con objetos manipulables, como frijoles o cuentas pequeñas de plástico.

Índice